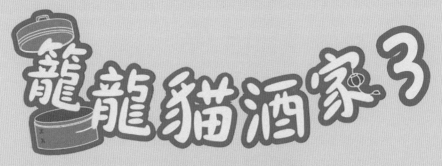

籠龍貓酒家 3

花月佳期

卡奇 繪著

U0106935

非凡出版

自序

　　春節過後，籠龍貓酒家的點心內心也開滿了桃花，糯米鼠的姊妹珍珠雞很希望找到個如意郎君，所以便開始了尋覓男神之路，到底她會否成功？付出和收穫是否會成正比呢？

　　這系列有幸來到第三集，牠們向我申訴需要來一點改變，不能每天只在工作，想要發生一些激進事情，所以便誕生了這一集，中式婚嫁的禮節和大妗姐文化原本想詳細說明，不過讀了一大堆資料之後得出一個字「煩」！所以最終也是順其自然畫出來好了，沒想到芝麻和糯米最終竟然做出這樣的事情！真是匪夷所思！

卡奇

2024 年 6 月

角色介绍

芝麻鼠
內斂的生物，其實很喜歡大家。

糯米鼠
性格溫柔，喜歡黏芝麻。

珍珠
糯米的妹妹，
喜歡追星。

紅綾酥　　黃綾酥　　橙綾酥　　白綾酥

嫁女餅，常常希望有人結婚。

燒賣哥
點心界的帥哥，夢想成為歌手。

蝦餃
樣子可愛，十分關心燒賣哥。

布丁鼠
行為猥瑣，經常被誤以為是變態。

桂花鼠
酒家的美女，性格高傲。

目錄

單元一
點心聯歡會

單元二
相識在元宵

單元三
現代愛情故事

單元一
點心聯歡會

珍珠的愛

桃花開~開燦爛~

是戀愛的季節！

真令人期待啊！

珍珠你在做什麼啊？

你好像有朋友和他很熟的！

你說芝麻？

對啊！你可以安排我們見面嗎？

這樣好像不太好啊⋯⋯

一次也可以！求求你啦！

一場姊妹！我一定會幫你的！

家姐⋯⋯

芝麻說過今天會去茶水吧聽燒賣哥練歌的！

茶水吧！

燒賣哥唱功

茶水吧

絕對空虛

無人觸莫似廢堆

絕色對空虛～

燒賣哥唱歌真的很難聽！

對！

燒賣哥你這麼喜歡唱歌，不如春茗當日來表演啦！

好啊好啊！

表演！

不要啊！我求求你不要唱！

你唱歌真的很難聽啊！

好過分啊！

糯米你聽到嗎？燒賣哥會表演啊！

我聽到……

到時要通宵去排隊了！

不用吧……

真的令人很期待啊！

燒賣哥不如你和蝦餃合唱啦！

也好啊！

蝦餃？

他們要合唱？

真的嗎？

合唱

好恐怖啊……其實燒賣哥唱歌很難聽的……

不是的！

他上次明明很有個性！

一定是和蝦餃夾不來！

哈　哈　　　　哈

珍珠你走了？

真看不過眼！

好喇！今天就練到這裏吧！

你們想想有甚麼表演想做！

好的！龍井先生！

其實我想表演唱歌加跳舞的！

好像好難！

那這的靚仔！等一下！

你好像有點煩惱噢！

讓我指點你迷津啦！

占卦

算命

「珍」算師

哦？是睇相啊？

看看先生的相頭……

是福相啊！

眉毛長長！心地善良！雙眼有神！重人重感情！身邊一定好多朋友了！

噢！對啊！

……

不過性格硬頸，對自己有要求，不理別人目光！

全對啊！

開粉絲聚會！

FANS MEETING！

寫英文的！

噢！對對對！

為甚麼我從來沒想過呢？
我可以自己搞活動的！

雙重共鳴！

好高興大家來我的粉絲聚會！

大家盡情玩啦！

好！

有沒有朋友想來一起唱歌啊！

我！

珍珠！

聚會成功？

珍珠……

你唱得很好啊！

多謝你燒賣哥！

咔擦——

太好了珍珠！

第一次粉絲聚會！

成功！♥

才不是了！

燒賣哥……

芝麻！我知道的！

我知道不可以再這樣！

我一定會改變！令自己變得更紅！

到時我們會在萬人會場表演！

你有決心就太好了！

我們現在就去啦！

遇貴人

求大仙賜我百萬粉絲！

原來是來拜神啊！

是38簽啊！不知是甚麼簽呢？

我猜是下下簽……

三十八

38簽上簽啊！

今年是好運年，出門會遇貴人！

還會有很多工作機會！

嘩！太好了！

這樣我就放心了！
你還是去練歌吧！

禮餅部

他唱歌很好聽！

真的耶！

燒賣哥？

是你！

？

單元二
相識在元宵

月老

珍珠你好像很開心啊？

對！很開心啊！

但我唱得這得這麼差，怎和他再發展下去啊？

你還未放棄啊？

喂！你有沒有聽過啊！禮餅部的月老真的很靈！

我朋友拜完之後就識到男友了！

真的嗎？

糯米！我們去吧！

哦……

月下老人

月老月老！小女子珍珠
希望覓得如意郎君……

他要是溫柔體貼、專一、
只對我好的靚仔！

燒賣哥

求月老牽線……

擲聖杯

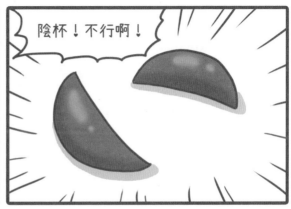

陰杯！不行啊！

月老月老！不一定要靚仔！
專一溫柔體貼就可以了！

一正一反一

即是也不太可能……

月老月老……

只要是男人都可以啊！

是兩個反面啊！
成功了！

是笑杯啊！

我嫁得出了！

怎可以這樣的小妹妹！

？

你是誰啊♡

你好啊！我是嫁女餅！

紅綾酥！

嫁女餅課程

我們專門培訓美女和介紹相親的！

這是我的卡片！

如果你有興趣歡迎找我們的！

你看！就算是茶美人這個年紀也能找到真愛！

嘩！犀利啊！

一於來看看啦！

好啊好啊！

聽起來怪怪的……

儀容大改造

除了身材好！整理儀容也很緊要的！

我是儀容導師白綾酥！

你想成為一個怎樣的美女啊？

我想成為……

我想成為跟蝦餃一樣的美女！

Very Good！

讓我幫你改造啦！

Wonderful！
你真的好靚啊！

你可以加入我們姊妹團了！
有請！

嘩！你好靚啊！

好羨慕你啊！

你們也很美！

接着就是重點啊！
除了外表！內餡也很重要！

她是說話技巧導師
橙綾酥！

Yahoo！

大家要拍多點知性美的相片來相親⋯⋯

人家對你印象好⋯⋯

成功機會自然高！

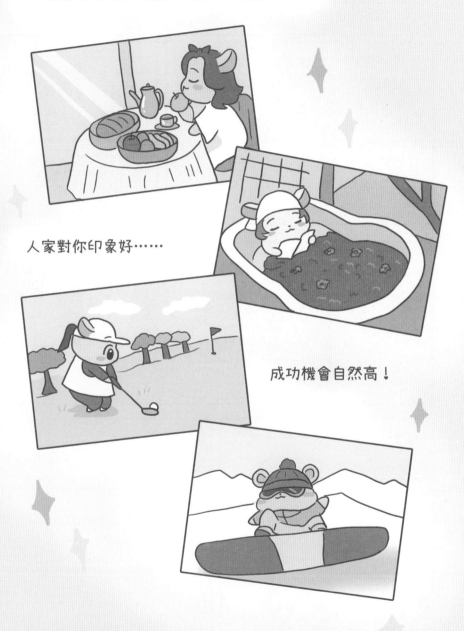

人物設定

這是你們的角色設定！請看一下！

知書識禮……

大家閨秀……

天真無邪？

喜歡小動物！

懂得做飯！

孝順父母！

這是做美女的基本！

還記得你們的人生目標嗎？

嫁金龜！❤

很好！現在是問答環節！
請代入你的角色設定來回答！

?

牛肉燒賣

真的很久沒見了！差點認不出你！

你朋友啊？

對啊！他是牛肉燒賣！

以前也是這裏的點心！

因為我太不受歡迎，所以就停產了……

講呢啲！去飲杯先啦！

去茶水吧啦！

被你唱爛了！

對了！蝦餃最近好嗎？

幹嘛突然提起她……

我真的好掛念她啊！

吓？

你很想念她？
難道你們拍過拖？

不是吧？

當然不是啦！

我是喜歡過她，
不過被拒絕了……

哦……

是怎麼回事啊？

她當年已經很受歡迎，很多點心都喜歡她……

蝦餃真的很可愛！

我真的很喜歡你！
請你收下吧！

真的很感謝你！
我也送個禮物給你吖！

她送了塊鏡給我！
不知是甚麼意思呢？

她叫你照照鏡啊笨蛋……

想不到呢！

說起來你的樣子真的有點不同！

有嗎⋯⋯也差不多呢！

你應該沒有多留意人啦！

我有的！只是一時忘記了！

差點被發現⋯⋯

我不想告訴他我讀了禮餅部的課程⋯⋯

還有唱歌是為了吸引女生注意⋯⋯

我要想辦法走人啊！

姉妹們！今晚是元宵節啊！將學到的實踐出來啦！

好！♥

燒賣哥！我不去了！

為甚麼啊？

難得今晚是元宵節！我想在多人的地方練歌啊！

嗯！好吖！你加油啊！

你也應該向人家學習一下啦！

我會練的啦！

哦！

成功了！

相遇

你跟來幹嗎？

元宵節來練歌？才不信啊！

一定約了女生！

讓我看看她是誰啦！

蝦餃？

不是！

我叫珍珠啊！你唱歌好好聽啊！

是嗎？謝謝你！

她是珍珠？

她真的出手了……

糯米！你甚麼時候來了！

噓—安靜點！

珍珠加入了奇怪組織就變成了這樣！

這樣真巧合……

牛肉燒賣以前也不是這樣，現在也變成這樣了！

難道是同一個組織？

很有機會！

單元三
現代愛情故事

互有印象

她好像蝦餃……

他好像燒賣哥……

找到目標了……

你是這裏的點心嗎？好像未見過你呢！

我曾經是啊，不過已經停產了！

停產了？

難道⋯⋯

你是牛肉燒賣？

你怎會知道的？

太好了！真的是你！

我們以前也是蒸籠區的點心！

我是珍珠雞啊！

我一點印象也沒有……

用荷葉包著那個呢！

那怎認啊？

你常常看著外面，所以我也只對你的背影有印象呢！

喔！我記得了！

當時我是望着蝦餃和燒賣哥！

常常都會很羨慕他們的！

我明白啊！

俊男美女真令人羨慕啊！

不過你也很美啊！

過獎了！

燈謎

難得重遇，不如我們去逛逛好不好？

好啊好啊！

是燈謎啊！

寫了甚麼啊？

外表是綠色
切開是紅色
吐出是黑色
剩下是黑色
（猜一食物）

我知！是牛肉燒賣！

錯了！是西瓜啊！

西瓜

這個呢？

從小渾身白
長大變金黃
早來說聲早
晚來歸巢中
（猜一動物）

我知！是珍珠雞！

不是吧！

答案是雞！

珍珠雞也是雞吧？

哼！看來氣氛不錯！

我們還要跟嗎？

當然要啦！

牛肉燒賣你很喜歡唱歌嗎？

對！從小就喜歡了！

我很希望成為一位歌手呢！

你一定可以的！

你上舞台一定很耀眼！

沒錯！

?

一起踏上舞台喇！牛肉燒賣！

燒賣哥！

你出來幹嗎？

我想和他組隊啊！

你不要阻礙人啦！

不好意思！你們繼續吧！

……

……

燒賣哥在這樣怎繼續啊！

不如一起玩啦！

好啊！

街頭表演

做歌手最緊要有自信！

吓話？

我們在這裏表演啦！

吓？

彈些輕鬆的音樂吧！

我知道了！

動切—

動切—

點亮我生命的 火火火火火！

大家一起跳吧！

群鼠亂舞！

多謝！

你是誰啊？

豬膶燒賣

我是豬膶燒賣！

吓？

燒賣哥我真的很喜歡你的！

嗚嘩！

可以讓我加入你們嗎？

別說笑了！當然

歡迎你啦！

吓？

他跳舞很棒啊！
你沒看到嗎？

吓話……

如果他加入我也加入囉！

哦……原來是這樣……

對啊！很歡迎你加入！

What？

你別說了不算數……

才不會呢……

這樣我們三人組成立了！

嘩！又多了位帥哥啊！

好美啊！

多謝！

他很受歡迎啊⋯⋯

真的很感謝你！
來親一個吧！

籠龍貓酒家

配對目標

可惡！今次計劃又失敗了……

又配對不到情侶了……

以前佳節一定撮合到很多情侶……

現在大家都喜歡自由生活……

再這樣下去我們嫁女餅會消失的！

我不要啊！

快點捉些人來結婚啦！

你說甚麼傻話……

我們目標應該是有條件結婚的人啊！

即是穩定交往的情侶！

有道理！

單元四
求愛大作戰

表白大計

你怎麼了芝麻？

到底怎樣才能讓對方
知道自己的心意呢？

當然是直接告訴她啦！

桂花鼠！I love you 🖤

但你好像沒有成功過啊！

！

沒關係！戀愛是
不求回報的！

芝麻你不是有糯米嗎？
還要表白甚麼？

不是呢……

其實元宵節當日……

你們結婚吧！

呀……不是的……

我們只是普通朋友！

普通朋友！

真的很傷心……

哦……

普通朋友也
不錯了……

那很簡單啦!

你送些點心哄她開心吧!

是雞仔餅啊!我很喜歡的!

快試試吧!

雞仔餅裏加了特別的東西啊!

我愛你♥

名貴包包

我也愛你唭雞仔餅！

?

哈哈哈！
太搞笑了吧！

或者可以送些名貴禮物啦！女生最喜歡包包的了！

名貴的包包啊？

糯米喜歡甚麼包包呢？

奶黃包

叉燒包

菜肉包

完全搞錯了

客官想要甚麼包啊？

Er……

我想問下那款包最名貴啊？

最名貴當然是魚翅包啦！

好啊！我要這個！

客官你真識貨！

唔似貓

糯米！這是送給你的！

甚麼來的？

牠叫"唔似貓"！

唔似貓啊！牠很可愛啊！

你喜歡就好了！

芝麻！你這樣子的？
你不是說糯米很喜歡嗎？

是……
她很喜歡……

不過她顧着陪唔似貓！
完全不理我！

糯米！我們去散步吧！

對不起啊芝麻……
唔似貓有點不舒服……

下次再跟你散步啦！

哦！她也是有愛心吧！

我知道……

你應該陪伴着她嘛！

有道理！

貓奴

糯米！我和你一起陪唔似貓吖！

好啊！

牠睡醒好很多了！

是嗎？

喵！

喵喵喵！

你們在聊天嗎？

我很喜歡和牠聊天的！

還有就是……

吸貓一

牠在我大腿上睡覺啊！

真的很可愛啊！

對吧 ♥

不如我們一起去散步吧？

好啊！

我幫你們拍照吖！

一起來吧！

321笑！

咔嚓——

你看起來很開心啊？

對！我們終於有進展了！

多謝你啊唔似貓！

原來小動物可以增進感情的！

籠龍貓酒家

唔似狗

老細！我也想要一隻
"唔似貓"啊！

魚翅包嗎？
請等等啊！

魚翅包賣光了！
魚翅餃要嗎？

要啊！

"唔似狗"你要幫我啊⋯⋯

？

我的將來靠你了！去啦！

汪！

你好嗎小狗！

你是從哪裏來的？

對了！我就這時候出去！

請問有見過我的小狗嗎？

在這裏啊！你的小狗很可愛啊！

牠可愛也不及你可愛啊！

不似預期

發掘優點

不要鄙視我啊！

嗚……難道我真的要孤獨終老！

你又失戀啊？

人家對你沒興趣你就別纏住人啦！

但我對她有興趣！

你也挺堅持的……

我覺得她可能還未發現你的優點！

不如我們先把他發掘出來吧！

多謝你啊！男神豬潤！

試試唱歌吧！ 加油！

我怕愛~同樣怕會失去愛~

問此刻世上 痴心漢子有幾個~

不錯啊！ 比燒賣哥唱得還好啊！ 不是吧！

多謝！ WOW！ WOW！

太正了！ 請大家評個分吧！

樣衰有罪

為甚麼啊♪
你們不是說很正的嗎？

因為閣下的尊容……

太猥瑣了！
sorry baby！

樣衰沒罪吧？

有的……

算吧……
我的人生已完……

汪！

嗚……本來打算跟她約會，現在沒機會了……

甜品區

布甸鼠，你的花很美啊！

美又何用……都沒人願意收……

你幫我掉了它吧……

布甸鼠啊……

機會來了

掉了好像很浪費……

送給糯米吧！

糯米！送給你的！

嘩！好美啊！

多謝你芝麻 ♥

小小意思，何足掛齒……

對！你嫁給我好嗎？

好啊！

為甚麼我突然
要求婚啊？

單元五
大喜月子

過大禮

恭喜兩位啊！

我早就覺得你們天生一對了！

結婚擺酒的事就交給我們辦啦！
我們會一站式幫你辦妥！

麻煩你們了！

沒想到我們突然會結婚的！

真的好突然呢！

各位大妗姐要開工了！

好！

首先要擇個良辰吉日過大禮！

即是送禮物給女家！

具體來說要送甚麼呢？

所有的禮物要是雙數！

例如兩籃水果、兩籃椰子、兩籃海味、兩盒嫁女餅等等……

如果不想煩可以買我們的套餐啊！

好吖！麻煩你了！

接着是搬嫁妝！

即是把父母送給女兒的禮物搬到男家！

然後安床！

上頭！

接着就要拜堂！

這樣快的？

現在都市人的速度差不多了！

同人唔同「名」

你們先去辦個結婚登記吧!

好的⋯⋯

婚姻登記處

兩位新人好!

又是你啊壽包⋯⋯

吱吱吱⋯⋯今天我是來做紅事,所以請叫我壽桃!

有分別嗎?

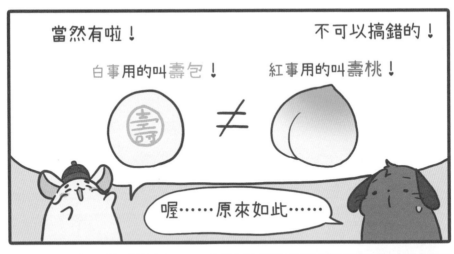

結婚手續

好啦！結婚前要確認好以下幾點！

第一！
男女雙方必須自願結婚！

你們有沒有搞錯對象啊？

沒有啊……

那有沒有在外面搞對象呢？

當然沒有啦！

……

第二！你們夠歲數了嗎？

我看小姐你好像未夠18歲！

其實我差不多 **40歲了！**

甚麼？

看不出啊！

我由酒家開業就在這裏，所以跟酒家同年的⋯⋯

喔⋯⋯

那我也差不多啊！

第三，你們有帶身份證嗎？

員工證可以嗎？

籠籠綿涮家
芝麻鼠
NO.XXX

．．．．．．

那有沒有學生證吖？
學生半價啊！

沒有啊！

OK！讓我來做個登記！

男方叫芝麻！

是！

女方叫糯米！

是！

已經填寫好各項資料，
繳費後就可以拿到證書了！

怎繳費啊？

play me、現金、八達燶、
轉數萬、支票都可以的！

你背得很熟啊……

一條龍服務

送張優惠券給你們！

下次結婚有半價的！

誰要用啊！

或者買酒席吖！現在買十送兩！

我們不打算大搞的……
只是想擺幾圍招呼朋友……

那留待下次用吧！

不要了！

結婚手續完成了！謝謝兩位！

祝你們合作愉快，生意興隆！

甚麼？

哦！他意思是百年好合！白頭偕老啊！

哦⋯⋯謝謝你們⋯⋯

對了！你們打算何時擺酒呢？

下個月啊！

其實我也可以來做你們的見證人啊！

我主持過中式婚禮、西式婚禮、畢業禮還有喪禮我也懂的！

通殺啊你！

糯米你覺得怎樣？

也好啊！有主持氣氛都會好些！

那就拜託你了！

放心交給我啦！

總有種不詳的預感……

惡搞司儀

呢啲鼠and張圖文！曠呢之娃！

婚聯 囍 糯芝

今天是芝先生和糯小姐喜結良緣的大日子！

我謹代表各位來賓祝新郎新娘快高長大！身體健康！日日都幸福！

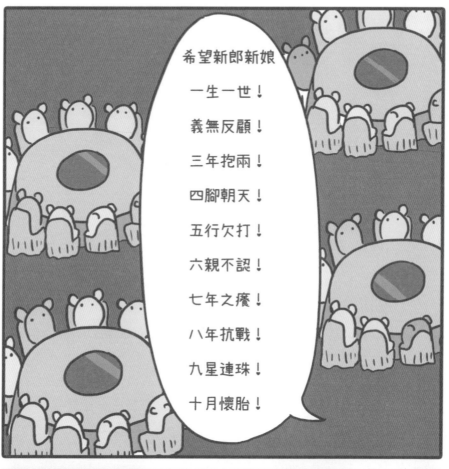

希望新郎新娘

一生一世！

義無反顧！

三年抱兩！

四腳朝天！

五行欠打！

六親不認！

七年之癢！

八年抗戰！

九星連珠！

十月懷胎！

說甚麼春天？

⋯⋯

新郎芝麻英俊瀟灑！
沖涼唔用花灑！

愛護地球體貼入微！
用最環保的方式向女友求婚！

相信這份真誠終於打動上天，
讓他們共諧連理！

不要再說了⋯⋯

芝麻？

此時此刻，我只能用感動兩字
來形容，用淚珠兩滴來修飾！

新娘糯米人見人愛、車見車載，棺材見到打開蓋！

擁有一顆善良的愛心！

即使男友拿二手花束來求婚仍欣然接受，處變不驚，實屬難得！

是我那束花？

汪！

說到這裏，新郎已經感動得抖動起來了！

我沒面見各位鄉親……

沒事的芝麻……

婚宴破壞者

現在就讓我們看看一對新人的生前片段！

是成長片段啊！

我就是說成長片段啊！

好！開始！

還沒開始的？

由於精選照片只有一張所以已經播完了！

也太短了吧！

現在有請一對先人進場！

WOW！

不是先人！
是新人啊！

啊對！

有請一對先人來到台上！

他們一黑一白！真的好像黑白無常呢！

．．．．．．

我意思是郎才女貌！天生一對啊！

你玩夠了沒有……

不好意思！
最近紅事做得少，
白事比較多！

講多錯多

現在是切蛋糕環節，有請新郎新娘上前！

這蛋糕代表着你的愛情⋯⋯

來！一刀切斷它吧！

嘩！

多謝大家!

……

今日我受新郎新娘委託擔任他們的見證人真的感到十分欣喜!

新郎新娘由相識、相愛到相離……

當中所發生的事情雖然我也不清楚……

但他們一定經歷過很多難忘的時光才能來到這個田地!

有你在旁

終於開飯了！

等得好餓啊！

這場婚禮真是一團糟……

看來這張券真的用得上……

半價優惠券

結多次有半價！

芝麻！

無論發生甚麼事都沒問題的！

糯米 ♥

芝麻！

到餘興節目了！
你也來吧！

好啊！我來了！

糯米也一起來吧！

♥

感動最高潮

溫柔的星空 應該讓你感動

我在你身後 為你佈置一片天空

不准你難過 替你擺平寂寞

夢想的重量 全部都交給我

單元六
彌月之喜

喜事成雙

老公！有件事想跟你說啊！

？

我常常遊手好閒，難度她想跟我離婚？

我有了寶寶啊！

喔！我要做爸爸了！

他很軟熟啊！

宴月滿

因為是用糯米做的！

又過了一段時間……

籠龍貓酒家

呃！是第二胎啊！

對啊！

你要做哥哥了！

芝麻和糯米的兩位兒子……

哥哥芝麻卷

弟弟芝麻糯米糍

還有唔似貓⋯⋯

他們一家五口住在一個家庭蒸籠裏⋯⋯

籠龍貓酒家

驚喜早餐

我們今天煮早餐給媽媽一個驚喜吧！

好啊！

你們在做甚麼啊？

！

我們要做驚喜啊！你不要出來啊！

好好好……

這是我最拿手的！

切 切 切

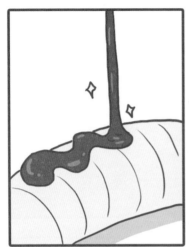

是朱古力香蕉！

給媽媽的！

謝謝！

那爸爸呢？

……

家庭「新」活

我們上學了，老公加油啊！

我也要上班了……

現在的生活真充實呢……

小遊戲 找出5個不同之處！

答案：

小遊戲 找出5個不同之處！

答案：

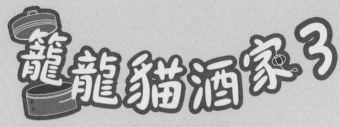

花月佳期

卡奇 繪著

責任編輯	梁嘉俊
裝幀設計	Sands Design Workshop
封面設計	卡 奇　Sands Design Workshop
排　版	時　潔
印　務	劉漢舉

出　版

非凡出版

香港北角英皇道 499 號北角工業大廈 1 樓 B

電話：（852）2137 2338

傳真：（852）2713 8202

電子郵件：info@chunghwabook.com.hk

網址：http://www.chunghwabook.com.hk

發　行

香港聯合書刊物流有限公司

香港新界荃灣德士古道 220-248 號荃灣工業中心 16 樓

電話：（852）2150 2100

傳真：（852）2407 3062

電子郵件：info@suplogistics.com.hk

版　次

2024 年 7 月初版

©2024 非凡出版

規　格

16 開（210mm x 150mm）

ISBN

978-988-8862-42-9